U0122879

作者 /

黃頌行

早年畢業於香港理工大學，後於多間社會服務機構任職社工。後受到家中兩個女兒的啟發，創立了樂在棋中社會企業有限公司，為香港家庭設計及生產有本土特色的繪本和桌上遊戲，豐富他們的親子時光。

葉德平

大專講師、香港作家，寫了不少歷史、文學與兒童文學書籍，如《小學生．古詩遊》、《古樹發奇香——消失中的香港客家文化》等等 ......這次，因為家中小魚、因為《ONE PIECE》，所以寫了《張保仔傳說》等一系列繪本。

繪 圖 /

譚亦俽

在香港和加拿大長大。自小喜歡繪畫，曾夢想成為兒童圖書插畫師。大學時期修讀生物學，最難忘在郊野四處尋找青蛙。畢業後自學平面設計。榮幸這次參與能夢想成真。

・序・

與樂在棋中繪本《張保仔傳說》的美好相遇

潘金英(香港作家聯會)

這以藍色海洋為基調的可愛繪本《張保仔傳說》，是樂在棋中繪本系列之一，作者是葉德平、黃頌行，由譚亦俽繪圖。作者和繪畫者的相遇是美好的，故事文本人物有長洲漁村的村長黃爸、黃媽、村長兩個女兒黃蝦女、黃細蝦姐妹，其他村民張一、文敏，另有巴多利、大鯨魚、白海豚。

故事在晚飯後，兩姐妹在看海盜卡通時發生；兩姐妹提議爸爸，陪她們一起玩海盜遊戲！扮演海盜船的爸爸，因忽發奇想，設計了一個在桌面上玩的海盜棋盤遊戲……

即使無限的財富、一箱箱珠寶與一櫃櫃黃金，但是比不上能閱讀的富有。繪本閱讀是一種富價值的教育，也是一個能豐富兒童成長的潛移默化的過程。繪本以不說教的方式，帶領孩子認識生活的意義，我相信這系列繪本，是黃頌行的創意設計，藉着棋盤遊戲的畫圖世界，帶給小女兒及小朋友精彩有趣的海上歷險故事！

《張保仔傳說》藉兩位小姊妹玩棋盤遊戲期間，突然被發出一道白光的圖版，拉扯跌進了遊戲世界……然後展開了長洲村口的天后古廟前的畫面，熱鬧鑼鼓聲響，漁民人人爭先恐後圍觀看張貼的告示：「勝出今天正午舉行的比賽，就可以得到傳說中的《張保仔藏寶圖》。」

原來是賽船比賽，最快圍繞海島航行一圈的人就算勝利。兩姐妹很想參加比賽……

繪本內的海盜故事、刺激比賽和海上歷險、難阻的經歷，遇上白海豚等奇妙的遭遇，精彩有趣；閱讀着，我感受到長期致力於推動文化教育的葉德平，對兒童的文化教育充滿了喜愛和熱忱。《張保仔傳說》，引導小朋友們對認識海盜及中國文化內涵，瞭解大自然和有機會感受海洋，激發好奇、探知、勇氣及友愛之好品格。此系列繪本，最宜親子間的分享，繪本的閱讀過程中，既能增進小孩的閱讀樂趣，又可豐富小孩的文化生活經驗，思維發展；確能增進父母與孩子間的感情，並帶來很多的驚喜與美好的體驗和回憶。

我深刻的感受到透過繪本故事的分享，感動自己，也感動了他人，孩子與他人在分享故事中，就能牽起彼此間的交流、思考，能在書中找到、發現很多「人與他人」及「人與海洋」等與自己相關的生活經驗，從而能融入多元的延申活動，包括角色扮演、語文遊戲、海洋影片欣賞、漁船體驗活動等方式，增強生命力；從而能勇於面對生活挫折，有熱情信心，肯解難及保有心中嚮往之真善美愛的永恒價值。

張保仔傳說

The Legend of Cheung Po Tsai

今天，一家人吃過晚飯後，蝦女提議：「我們一起玩海盜遊戲吧！」
她們飛撲到爸爸的身上：「爸爸，爸爸，陪我們玩海盜遊戲啦！
陪我們玩海盜遊戲啦！」疲累的爸爸，不想掃女兒的興致，
於是提出：「不如這樣吧，我們設計一個海盜棋盤遊戲，好嗎？」

在三人的合作下，「張保仔傳說」棋盤遊戲終於誕生！
爸爸說：「蝦女、細蝦，你們試試玩吧。」細蝦一聽到可以玩，
興奮得拉着姐姐：「太好了！家姐，我們終於可以玩了！
我先轉輪盤！」爸爸坐在沙發，慢慢睡着了……

輪到蝦女時，圖版忽然射出一道白光，把她和細蝦拉扯進去。
細蝦用力呼喊：「家姐，發生了什麼事？爸爸、媽媽！爸爸、媽媽……」
蝦女連忙拉着妹妹的手：「不用怕！不用怕！家姐在！」然後……

「妹妹……妹妹……」家姐用力搖晃妹妹，希望能把她叫醒。

細蝦擦着惺忪的睡眼，茫然地望着家姐：「家姐，這是什麼地方？」

蝦女：「我……我也不知道……」

忽然，不遠處傳來一陣鑼鼓聲，細蝦和蝦女被響聲吸引，

蝦女扶起妹妹：「那邊好像有人，我們過去看看有沒有人可以幫助我們。」

興奮的細蝦指著告示板：「家姐，家姐，這是什麼比賽啊？好像很有趣呢！」
怎料，細蝦一開聲，便惹來旁邊村民的注意，因為她們身上穿著的是現代衣服，
他們便好像看到怪物一樣馬上走開。這時，村長上前解答：「哈哈，這是賽船比賽，
最快圍繞海島航行一圈的人就算勝利。兩位小朋友你們想參加嗎？」
蝦女和細蝦聽到熟悉的聲音，不約而同地喊：「爸爸！」

賽船最
選手
可得到傳
的
張
圖

「我不是你們的爸爸，我是這條村的村長。哈哈……」蝦女和細蝦半信半疑。村長繼續向村民講解：「……賽船最快的選手可得到傳說中的《張保仔藏寶圖》！」細蝦一聽到《張保仔藏寶圖》，就立即跑上前拉著村長：「村長，村長，我們可以參加這個比賽嗎？我真的好想參加啊！」「哈哈，好吧！看你們這麼熱情，我就委任你們代表本村參賽吧！你們一定要取得勝利回來啊！哈哈……」

張保仔

蝦女和細蝦跟各地選手在起點等待開始。
「各位選手，比賽在鳴笛後開始進行。預備……」
村長還沒來得及鳴笛，代表海盜的選手張一已經開船了。
細蝦指著張一、生氣地喊：「姐姐，那個張一偷步啊！」
蝦女顯得很冷靜，「嗯」了一聲，就馬上張帆開船。

當蝦女和細蝦追近隊伍時，代表清國政府的文敏竟然使出禁用的召喚術，
召喚了他的寵物大鯨魚。「哼！想過我，先問過我的大鯨魚吧！」
文敏命令大鯨魚橫擺在賽道中央，阻止蝦女的船前進。

這時，來自澳門的巴多利看到文敏使出違規戰術，他也不甘示弱，
立即發炮：「誰擋路就發炮打誰！」文敏的大鯨魚、巴多利的炮彈，
把大海弄得一片混亂，連附近的動物也受到傷害。

「家姐，家姐，我們左邊的船身給炮彈打中了！」細蝦慌張地向家姐報告。

在前領先的張一嘲笑她們：「哈，兩位小朋友，你們就在我的後面待着吧！」

這時，細蝦指著海中心：「家姐，你看那邊！好像有隻受了傷的白海豚，我們要快點救起她。」

細蝦等不及家姐的回應，就把船開到海中心，把白海豚救上來。

「真的很感謝兩位的幫助，你們真是好人！」白海豚道謝。

看到妹妹的行為，蝦女十分欣賞：「妹妹，你做得很好，

媽媽常說：『友誼第一，比賽第二』，你真的做到了！」

細蝦害羞地摸摸耳朵，靦腆地笑。

「家姐，我們現在還要不要追？但是我們的船已經破了，
又落後了這麼多，怎麼辦？」正當她們苦惱時，白海豚：「我有辦法！」
原來白海豚是「親善大使」，所有動物都是她的朋友。在她的號召下，
海洋動物們都前來幫忙拖着蝦女和細蝦的賽船奔向終點。

「呯！」賽船忽然剎停了。

噢！原來前面有一個大漩渦，動物們都不敢再前進。

咦！仔細看看，張一、文敏、巴多利的船竟然都被困在漩渦中！

看到三人在漩渦中掙扎，蝦女和細蝦也很擔心。

白海豚問：「他們那麼可惡，我們還要不要幫？」

「要！」蝦女與細蝦異口同聲地說。

蝦女：「爸爸常說做人要懷着寬恕的心，

即使別人對自己不好，我們還是要以德報怨！」

細蝦向動物發號施令，蝦女把船駛近漩渦，設法營救張一、文敏和巴多利。

在白海豚及動物的協助下，經過一番努力，大家合力把文敏和巴多利救了出來。
蝦女和細蝦上前慰問：「張一、文敏、巴多利，你們還好嗎？」他們哭個不停。
張一回答：「蝦女、細蝦，我們很感激你們的幫助！
希望能送你們到終點，以表達我們對你們的感謝。」

於是，在張一、文敏、巴多利及白海豚的幫助下，蝦女和細蝦的賽船衝過終點。

「今日很高興，本村的代表蝦女與細蝦成功奪得賽船比賽的冠軍。

我手上的《張保仔藏寶圖》現在正式屬於她們了！哈哈……」

村民熱烈地鼓掌，村長拿着獎品正要頒給蝦女和細蝦。

可是，她們拒絕了。
「村長，其他選手的船在漩渦中受到損毀，
我們覺得這樣贏比賽很不公平，
所以希望重新來一次公平的比賽！」
蝦女和細蝦拉着張一等人，再次回到起點。
究竟，這次比賽的冠軍又會屬於誰呢？

「蝦女、細蝦，快回房間休息吧。」爸爸揉着眼睛地說。

蝦女和細蝦睜眼看到爸爸：「村長……」

「甚麼村長？你們剛才做了甚麼夢？」爸爸皺皺眉看著女兒。

「沒有啊！嘻嘻！」蝦女向細蝦打了一個眼色。

細蝦笑着說：「爸爸，我要抱抱！」

各位小朋友，晚安了！

·後 記·

每位父母都會擁有和自己小朋友相處時的獨特回憶；這繪本是我和女兒們半生活、半幻想的一個片段，這片段促成我成立了樂在棋中社會企業，設計和出版了這些桌上遊戲和繪本故事。借此，我想感謝... ...

感謝太太義無反顧的支持，支持一個敢於辭工追夢的老公，恐怕不是件容易的事。感謝插畫師譚亦俽，沒她全情投入，我們沒法完成這繪本。感謝另一位作者葉德平，德平兄也是位父親，我們的女兒在同一間幼稚園裡讀書，一起在愛中成長。感謝每位支持我們創作的人，包括社企內每位成員，社會上每位為我們撰文推薦的朋友。更要感謝閱讀這繪本故事的您們！

- 黃頌行

一年前，我沒有想過要寫兒童文學。可是，一年之後，我卻寫了三本兒童詩選，也寫了一系列幼兒繪本。轉變是突然的，也是合理的。看着家中小魚（小女的暱稱）日夜長大，我很想在她的成長道途上留下一些印記。於是，我只好運用了我唯一所長——文字。

故事兩位主角，蝦女與細蝦的原型是黃頌行先生兩位千金，而她們的行為與心理則是從小魚身上投射過去。我們希望通過她們的「奇遇」，帶領孩子學習關愛、善良與正直等正面價值觀。

於此，我要藉機感謝我的父母、弟妹，他們給予我一個快樂的童年；也要感謝我的太太、小魚，她們是我努力的動力。同時，我必須感謝本書另一作者，黃頌行先生；他出心、出力，用盡最大努力，去做好這一本書，實在讓人敬佩。最後，十分感謝潘金英、潘明珠兩位前輩，她們給予本書不少寶貴的意見。

- 葉德平